KB142610

세 계 시 인 선
0 1 2

살아 있는 것들

라우라 가라바글리아

김구슬 최소담 역

그곳에서 기억은
마음의 모래를 집어삼키고
형체도 없이
추억의 대양으로 되돌아오는 파도다.
우리는 사물의 살아있는 현존 속
수평선 위의 기억일 뿐이다.
　　　　　　　　—「살아있는 것들」전문

세계시인선 012

살아있는 것들
LA PRESENZA VIVA DELLE COSE

라우라 가라바글리아 Laura Garavaglia 지음

김구슬, 최소담 옮김

서정시학

차 례

2부 숫자와 별들
NUMERI E STELLE

1부

Vacanza

Ma le onde hanno creste come i galli,

tu no.

Hai prenotato il volo per chissà dove

su Internet?

Hai chiuso il rubinetto del gas,

l'interruttore della luce?

Allora vai tranquillo,

porta con te il bagaglio a mano

della rassegnazione,

manipola la disperazione con cura.

Le cose, vive o morte sulla spiaggia,

prima o poi le ritrovi.

휴가

그렇지만 파도에는 수탉처럼 볏이 솟아있어요,
당신과는 달리.
당신은 아무도 모르는 곳으로 가는 항공편을 예약했나요
인터넷으로?
가스는 껐나요,
전등도?
그러면 불안해하지 마세요,
체념이라는
휴대용 짐가방을 가지고 가세요
절망을 조심스럽게 다루세요.
해변에서 죽은 것이든 살아있는 것이든
곧 다시 찾게 될 거예요.

Clandestina

Guardo dal lucernario

il quadrato di pioggia

la gamba rossa e gonfia

e sono un po' Rimbaud.

A Tijuana disperati e topi passano

attraverso il filo spinato

e io mi turo il naso mentre

mi dice "Hey, guapa!" e

corro (chissà dove) per

darmi un contegno.

Ho un canyon nel cervello

e crateri nei polmoni.

Posso farcela.

불법 이주자

나는 채광창으로 볼 수 있어요
수직의 비
벌겋게 부어오른 다리를,
나는 좀 랭보같지요.
티후아나에서는 절망한 사람들과 쥐들이
철조망을 빠져나가고,
그가 "어이, 이쁜데!"라고 말하면
나는 코를 잡아요
그리곤 자존심을 보여주려고
도망치지요 (어디로 갈지도 모르면서).
내 머리에는 협곡이 있고
내 허파에는 분화구들이 있지요.
난 해낼 수 있어요.

Skipe online

Il viso sullo schermo

la voce, a volte, a scatti

nel vuoto delle stanze.

Il dolore corale

il dolore ancestrale

delle madri nel tempo.

온라인 스카이프

화면 속 얼굴
텅 빈 방으로 흘러들어오는
이따금 끊기는 목소리.
시간을 견뎌온 어머니들의
합창의 슬픔
선조의 슬픔.

Yusuf

Yusuf siede accanto a sua madre, il corpo riverso nel campo

La luce del sole ora taglia lo sguardo bambino.

Al mattino i lampi nel cielo, il boato:

forse un temporale, ma senza la pioggia

che scioglie la terra in mille rigagnoli scuri.

La guerra cancella i confini del senso.

E forse era un gioco, sua madre dormiva

le braccia incrociate sul ventre da ore

e non si svegliava.

E nella voragine nera finite

le povere cose di casa.

Yusuf non sa ancora, il padre

e il fratello uccisi lontano

oltre le dune di sangue

dall'alba al tramonto.

Sua madre narrava

racconti d'amore e di pace.

Yusuf ora attende la sua voce.

유수프

유수프는 그의 어머니 옆에 앉아 있습니다, 들판에 몸을 눕힌 채.

햇살은 이제 그의 어린아이 같은 시선을 새기고 있습니다.

아침에 하늘에는 번개가 치고, 굉음이 잇따릅니다.

뇌우일 수도 있지만, 땅에 스며

천길 어두운 개울 속으로 녹아드는 비 한 방울 내리지 않습니다.

전쟁은 감각의 경계를 지워버립니다.

그건 아마 놀이였을 겁니다, 그의 어머니는 두 팔을

배 위에 포갠 채 몇 시간째 잠들어 있었고

깨어나려 하지 않습니다.

그리고 검은 틈이 가난한 살림살이를

집어삼켜버렸습니다.

유수프는 아직도 알지 못합니다,

해가 떠서 질 때까지

피의 둔덕 너머 저 멀리에서

그의 아버지와 형이 죽었다는 것을.

그의 어머니는

사랑과 평화의 이야기를 들려주곤 했습니다.

유수프는 지금 그녀의 목소리를 기다리고 있습니다.

Madri

— In memoria dei giovani morti durate l'attacco terroristico a
Barcellona, agosto 2017

Ti parlo da lontano con voce di donna e di madre

perché, donna e madre anche tu, capisci che cosa
vuol dire

vivere senza più sognare, viaggiare nel buio del
dolore.

Si, tu lo conosci, anch'io lo conosco

lo schianto che hai dentro, che ho dentro

e perdere un figlio in un giorno d'estate

se intorno stormisce la vita, la luce dilata le ore

è avere la morte vicina ma senza poterla toccare.

Si, tu non sapevi, non sapevo io

su quella strada bianca

con quanta violenza compagna di un odio ancestrale

due vite si sono annientate.

Morire a vent'anni nel sole è atroce e banale.

Tuo figlio era andato lontano

E quando è tornato sentivi,

capivi che era cambiato.

Ma tu lo sapevi e lo sapevo io

che uccidere in nome di Dio

è come scavare nel vuoto.

E tutto ora appare eccessivo e irreale.

Le stanze più amate avvolte nel buio.

Domande rimaste sospese corrodono il cuore.

Il ricordo divora ciò che resta di noi.

어머니들
— 2017년 8월 바르셀로나에서 발생한 습격으로 죽은 젊은이들을 기리며

나는 멀리서 한 여성, 한 어머니의 목소리로 말하고 있
습니다
당신도 여성이고 어머니이기에, 꿈 하나 남아 있지 않은 채,
슬픔의 어둠 속을 여행한다는 것이 어떤 것인지 잘 알고
있을 테니까요.
그래요, 당신도 알고 있고, 나도 알고 있어요
당신이나 내가 마음속에 지니고 있는
어느 여름날 아들을 잃는다는 이 충격을
생명이 사방에서 바스락거리고, 빛이 시간을 확장하면
죽음이 가까이 다가오고 있다는 것이지만, 그것을 만질
수는 없지요.
그래요, 당신도 나도 알지 못했어요
그 하얀 길 위에서
선조의 증오심의 친구인 이 폭력이 얼마나 잔혹했기에
두 생명을 사라지게 했는가를.
태양 아래서 스무 살에 죽어간다는 건, 가혹하고 평범한
일이지요.
당신 아들은 먼 곳으로 여행을 갔지요

그가 돌아왔을 때,

그가 변했다는 것을 당신은 느꼈고 또 알았겠지요.

하지만 당신은 알았고 나도 알았어요

신의 이름으로 죽인다는 건

허공에 구멍을 파는 일이라는 것을.

그리고 이제 모든 건 지나치고 비현실적인 것 같아요.

가장 아끼는 방들이 지금은 어둠에 휩싸여있어요.

해결되지 않은 문제들이 마음을 잠식해요.

기억은 우리에게 남겨진 것을 집어삼킵니다.

Abitudine

Nel gioco incerto il corridoio è penombra

e la porta proibita dà un sottile piacere.

L'incubo, però, è lo stesso, sempre:

la mano mozzata del fratello

il coltello sul bianco del selciato

insanguinato tra corpi e scarpe.

Il silenzio attonito dell'urlo

Accanto al furgone abbandonato.

E la donna che ride dentro la cornice, la madre.

Ci si abitua anche alla paura.

습관

불확실한 게임 속에서 복도는 희미하고
금지된 문은 미묘한 즐거움을 준다.
하지만, 악몽은 언제나 똑같다.
동생의 잘린 손
하얀 자갈길 위의 칼
시신들과 신발들 사이에 피로 덮여 있다.
외마디 놀란 침묵이
버려진 승합차 옆에 있다.
그리고 액자 속에서 웃고 있는 여인, 어머니.
당신은 두려움에조차 익숙해집니다.

A Raphael[*]

Una corda, un cubo.

banali oggetti

geometrie perverse.

La morte non rispetta

la finzione.

Il sipario si è chiuso,

sull'unica dimensione.

In chiesa il silenzio

copriva il lamento dei cuori

sospesi tra attesa e rimpianto.

Abbracci e intreccio di mani,

a chiamare la vita per nome.

Lacrime e rose bianche sull'altare.

Pioggia sul sagrato.

---

* Raphael Schumacher era un giovane attore ventiseienne. E' morto impiccato
per un tragico errore durante uno spettacolo in un teatro di Pisa.

라파엘*에게

밧줄, 정육면체.
일상적인 물건들이
기하학을 비튼다.
죽음은 허구를
존중하지 않는다.
커튼은 1차원에서
닫혔다.

교회에서의 숨죽임이
기다림과 회한 사이에 멈춘
애도의 마음을 삼켜버렸다.
포옹과 뒤엉킨 손가락들,
그 생명의 이름을 부른다.
눈물과 제단 위 흰 장미들.
교회 묘지에 내리는 비.

* 라파엘 슈마허(Raphael Schumacher)는 피사의 한 극장에서 공연을 하는 도
중 실수로 스스로 목 졸라 죽은 26세의 젊은 배우였다.

Fine

Si è sciolto nel silenzio di un saluto

il tempo che non ci è bastato

sfumato in cenere

e non erano solo le parole

le cose accumulate

a chiudere nel solco la memoria

la ruga profonda della vita

due assi inchiodate sopra il cuore.

끝

그것은 작별의 침묵 속으로 녹아내렸고
시간은 우리 손가락들 사이로 빠져나가
불타 재가 되어버렸다
기억을 밭고랑에 가두어
차곡차곡 쌓아놓은 것들은
단어들만이 아니다
인생의 깊은 주름
우리 심장에 못질한 두 개의 널빤지.

Assenza

Ora sei tu che parli.

Nel ricordo

la tua voce è chiara

e il dolore è lebbra

che corrode.

L'ombra del tempo

lascia tracce

in ogni oggetto

le lenti rotte degli occhiali

i vestiti appesi nell'armadio

la radio, i libri, le poesie, i quadri.

Ciò che sei stato.

O ciò che ancora sei

In un altrove assoluto

che ti nega a chi ti ha amato.

부재

이제 당신이 말하고 있군요.
기억 속
당신의 목소리는 또렷하고
슬픔은 썩어들어가는
나병이지요.
시간의 그림자는
모든 사물에
흔적을 남겨 놓아요.
당신의 깨진 안경알
옷장에 걸려 있는 당신 옷들
당신의 라디오, 책, 시, 그림들.
과거의 당신을 보여주는 것들이지요.
아니 당신을 부정하는
절대적인 다른 어딘가에서
당신을 사랑했던 사람들에게
현재의 당신을 보여주는 것들이지요.

Autostrada del dolore

Percorro l'autostrada

ai confini del dolore

tra campi arsi di ricordi

carrubi e lecci curvi

sotto l'inganno del vento

l'indifferenza del sole.

La memoria è onda cupa

s'infrange sullo scoglio

della mente.

Il passato ferisce il presente

e questo silenzio ottuso, sordo

non permette ritorno.

슬픔의 고속도로

나는 슬픔에 맞닿은
고속도로를 달리고 있어요
기억으로 가득 찬 불타버린 들판과
바람의 속임수와
태양의 무심함으로 휘어진
캐럽과 떡갈나무 사이로.
기억은 마음의 바위에
부서지는 시커먼 파도예요.
과거는 현재를 아프게 하고
이 먹먹하고 무감각한 침묵은
귀환을 허락하지 않지요.

*

La morte arriva col suo carretto di stracci

bussa alla porta e ti invita

ad indossarne uno.

Non puoi rifiutare il suo invito e non sai

se scegliere lo straccio più chiaro

o quello più scuro.

Ma in fondo è lo stesso e alla fine

ne prendi uno a caso. E piano

ti avvii su un sentiero con passo veloce.

*

죽음은 넝마 수레를 타고 와서
문을 두드리며 당신에게
넝마 하나 걸치라 하네요.
당신은 그의 제안을 거절할 수도 없고
밝은 색 넝마를 골라야 할지
어두운 색 넝마를 골라야 할지 알지도 못하지요.
허나 당신은 알아요 뭘 고르든 마찬가지고
결국 아무거나 하나 고르게 된다는 것을. 그리고 천천히
빠른 걸음으로 길을 떠나지요.

*

Nel giardino dei morti

passano i vivi

con una fretta che è tutta umana.

Là si confondono il giorno e la notte

l'erica cresce senza tregua.

Vite fissate

in nuda singolarità.

*

죽은 자들의 정원에서
살아있는 자들이
늘상 인간이 그러하듯 서둘러 지나가요.
그곳에는 낮과 밤이 뒤섞여 있고
헤더가 무성하게 자라고 있어요.
인생은 노출 특이점에
갇혀 있지요.

Altri autunni

Sul vetro si riflettono

le foglie del limone

e sul balcone il ragno

tesse una nuova tela.

L'azzurro è troppo

per questa stanca stagione.

또 다른 가을들

창유리엔
레몬 나뭇잎들이 반사되고
발코니엔 거미가
거미줄을 새로 짜고 있다.
파랑은
이 지친 계절에 너무 버겁다.

La memoria

La memoria, amico, è fluido inganno

falsa i colori, spacca il ghiaccio nel secchio.

L'amore ha l'acre odore della carne bruciata.

Lascia il marchio. È cenere malata.

Il tetto è rotto, sul pavimento scivola l'angoscia

l'ombra sulle pareti. La goccia che non cade.

Ma niente toglie la speranza

di un futuro ricordo.

기억

친구여, 기억은 색깔을 왜곡하고
양동이 속 얼음을 부숴버리는 가변적인 기만이다.
사랑에는 타버린 살 같은 매캐한 냄새가 난다.
흔적을 남겨라. 그것은 병든 재다.
지붕이 부서지고, 불안이 바닥에 미끄러지고
벽엔 그림자가 드리워진다. 물방울 하나 떨어지지 않는다.
그러나 그 무엇도 미래의 기억에 대한
희망을 훔치지 않는다.

Poesia

A volte le parole sono occhi

guardano obliquo il mondo.

Scavano nel profondo

prospettive diverse.

A volte invece le parole

si fermano nell'aria

e non raggiungono

gli angoli della vita.

E i versi sono polvere

dentro un raggio di luce.

시

때로 단어는 눈이다
그것은 세상을 비스듬히 바라본다.
단어는 여러 시각을
깊이 파고 들어간다.
그러나, 때로 단어는
허공을 맴돌다
인생의 구석구석에
닿지 못한다.
그래서 시는
한 줄기 빛 속 먼지다.

Il respiro del mare

Sentire il respiro del mare

l'incanto d'azzurro e di luce

il brivido lieve del vento

che segue il lamento del vecchio gabbiano.

Le cose che sono e saranno

L'inganno del tempo e i ricordi

La vita che non sono più.

Immagini senza colore

confuse e silenti

di fronte al respiro del mare.

바다의 숨결

늙은 갈매기 구슬피 우는 소리에
바다의 숨결과
하늘과 빛의 매혹
부드럽게 떨리는 바람 스친다.
현재와 미래의 것들은
시간과 기억을 기만하고
더 이상 내가 아닌 삶.
무색의 이미지들
바다의 숨결 앞에
혼란스럽고 적막하다.

Lontananza

Al chiosco delle bibite Il sole

si riflette sui tavoli ormai vecchi.

Domenica di luce, passi lenti.

Parole sospese tra i silenzi.

Zurigo è un lampo e il cielo s'impiglia

nelle guglie dei campanili.

La statua di Zwingli

misura il suo dolore

nella composta austerità del bronzo.

Mentre ci salutiamo

I pensieri annegano

nei mulinelli rapidi del fiume.

거리

음료 키오스크의 햇살이
이제는 낡아버린 테이블에 반사된다.
일요일의 가볍고 느린 발걸음.
정적 사이에 멈춰있는 단어들.
취리히는 번개고 하늘은
종루의 첨탑에 걸려 있다.
츠빙글리 동상은
청동의 차분한 근엄함 속
그 고통을 측정한다.
우리가 작별 인사를 나누는 동안
사유는 강의
급격한 소용돌이 속에 잠긴다.

*

E dietro le cime il confine

di quello che ho perso

di quello che è stato.

Quest'ora è il limite azzurro

Immobile al giorno e alla notte.

Le luci si accendono

e tutto ha quel senso di cose vissute

altrove

che non mi appartengono più.

*

그리고 산 너머

내가 잃어버린 것

지속되어 온 것의 경계가 솟아오른다.

이 시간은

낮까지 그리고 밤까지 얼어붙은 푸른 경계이다.

빛이 들어오자

모든 것이 이젠 더 이상 내 것이 아닌

또 다른 곳에서

살아온 것들만 같다.

La presenza viva delle cose

Onde i ricordi

divorano la sabbia della mente

tornano senza forma

nell'oceano della memoria.

Siamo solo ricordi all'orizzonte

nella presenza viva delle cose.

살아있는 것들

그곳에서 기억은
마음의 모래를 집어삼키고
형체도 없이
추억의 대양으로 되돌아오는 파도다.
우리는 사물의 살아있는 현존 속
수평선 위의 기억일 뿐이다.

2부

La musica delle sfere(Pitagora)

Tutto il segreto della serie armonica

nell'urna colma d'acqua

percossa dal martello.

La strada che corre tra numeri e note

uniti nella luce.

Formula e suono, sequenza di frazioni

unica dimensione di bellezza.

구체의 음악<small>(피타고라스)</small>

망치로 두드려
넘칠 듯한 항아리 속
비밀 가득한 조화급수.
빛 속에서 만나는
숫자와 음조 사이의 길.
공식과 소리, 분수의 배열,
아름다움에 대한 독특한 시각.

Eureka (Archimede)

Contro ogni pregiudizio amavi la realtà

la seducente irregolarità dei corpi.

Ogni curva può essere retta

ogni volume custodito

nella perfezione del cubo.

Avevi chiare le leggi della leva

nel grande e nel piccolo cercavi l'infinito.

Il male è l'ignoranza della spada

che recide la vita

tra cerchi tracciati sulla sabbia.

유레카(아르키메데스)

당신은, 모든 편견에 맞서 현실을 사랑했습니다
육체의 매혹적인 불규칙성을.
어떤 곡선도 직선일 수 있고
어떤 부피도 완전한 정육면체에 넣을 수 있습니다
당신은 지렛대 원리로 보았습니다.
무한히 크고 무한히 작은 것 속에서
당신은 무한을 찾고 있었습니다.
악은 모래 위에 그려진 원들 가운데서
생명을 끊어버리는
검의 무지입니다.

L'algoritmo della vita (Al-Khwarizmi)

Venne da Korassan

antica provincia di Persia.

Fulgida mente nel regno delle Mille e una Notte.

Il sapere dall'India all'Arabia

in un libro di numeri e di segni

per tracciare l'algoritmo della vita.

생명의 알고리듬(알콰리즈미)

그는 페르시아의 오래된 지역
호라산 출신입니다.
천일야화 왕국의 영광스러운 지성.
인도와 아라비아의 지식이
숫자와 기호의 책에서
생명의 알고리듬을 추적합니다.

I numeri di Fibonacci(Leonardo Pisano detto Fibonacci)

Quel ponte tra Oriente e Occidente

costruito sui numeri .

Capivi la grandezza dei commercianti arabi

e il tuo genio stupiva gli astanti

alla corte di Federico II.

L'astratta perfezione di quei segni

la successione magica nascosta

nella bellezza alchemica della conchiglia

e l'enigma del falco nel suo volo

descritti tempo dopo da Pacioli,

divina proporzione.

피보나치의 숫자들(레오나르도 피사노, 피보나치로 알려짐)

숫자를 토대로

동서양을 잇는 저 다리.

당신은 아라비아 상인들의 위대함을 간파했고

당신의 놀라운 천재성은

프레데릭 2세의 궁정에서 모두에게 칭송받았습니다.

그 기호들의 추상적인 완전성

연금술적 껍데기의 아름다움 속에

숨겨진 마력의 수열

그리고 매의 비상이 보여주는 신비,

후에 파치올리가 설명한,

신성한 비율.

Cogito ergo sum(René Descartes)

Cercavi la realtà dell'Universo.

Pensiero ed Estensione

concetto e intuizione.

La pulizia del numero

dà vita a ogni forma.

È l'orma della mente

il metodo possibile

il vero opalescente.

코기토 에르고 숨(르네 데까르트)

당신은 우주의 실재를 갈망했습니다.

사유와 확장

개념과 직관.

수의 명료함이

모든 형상을 만들어냅니다.

그것은 정신의 발자국

실행 가능한 방법

유백색 진리입니다.

Di numeri e pianeti(Carl Friedrich Gauss)

Tuo padre era "maestro delle acque"

il suo mondo fontane e acquedotti.

A scuola la lavagna era il cielo

 i numeri erano stelle luminose.

E Büttner, tuo maestro, comprese

che nella mente avevi l'universo.

숫자들과 행성들(카를 프리드리히 가우스)

당신의 아버지는 "물의 주인"이었습니다
그의 세계는 샘과 수로였습니다.
학교 칠판은 하늘이었고
숫자는 빛나는 별이었습니다.
그리고, 당신의 선생, 뷔트너는
당신의 정신이 우주를 담고 있다는 것을 알았습니다.

La teoria dei gruppi(Évariste Galois)

Eri il Rimbaud dei numeri

Ma il delirio del genio

è febbre che consuma

non ama l'idiozia delle regole.

Spezzavi ogni legame con la vita civile

e anche dietro le sbarre, a Sainte- Pélagie,

la mente era la scala di cristallo

verso la teoria dei gruppi.

Poco più di vent'anni

e un amore diverso,

crimine d'acciaio,

ti ha strappato alla luce.

군론群論(에바리스트 갈루아)

당신은 숫자의 랭보였습니다
그러나 천재의 야성이
법칙의 어리석음에 대한 혐오로
불타올랐습니다.
당신은 공동체 생활과의 모든 관계를 끊었고
생트 펠라지 감옥 철창 뒤에서도,
당신의 마음은 군론에 오르는
수정 사다리였습니다.
20년이 조금 넘는 세월 동안
다른 류의 사랑,
강철 범죄가,
당신을 빛으로부터 떼어놓았습니다.

L'infinito assoluto(Georg Cantor)

La diagonale era scala verso il cielo

e la mente saliva,

ogni numero un passo,

un gradino verso l'infinito.

Ma oltre la potenza del continuo

lo spirito cercava l'Assoluto.

Fuori dal centro, oltre la mediocrità

nella prigione bianca della mente,

il destino segnato

da chi non ha capito.

절대적 무한(게오르크 칸토어)

대각선은 하늘까지 오르는 사다리
마음은 그곳을 향해 오르고 있었고,
각각의 숫자는,
무한을 향한 계단이었다.
그러나 수열의 힘 너머에서
영혼은 절대를 추구하고 있었다.
중심에서 벗어나, 평범을 넘어
정신의 하얀 감옥 속에서,
운명은
이해할 줄 모르는 자들에 의해 봉인되어 버린다.

La funzione zeta(Bernhard Riemann)

La bellezza di un verso nell'armonia dei primi.

La musica dei numeri composta sulle onde.

Non è rumore bianco

l'orchestra matematica dei primi.

E sulla retta magica tra zeri ed infiniti

scrivevi l'armonia della natura.

Il peso inconsistente della vita

su fogli fitti di formule, di simboli

ridotti presto in cenere dalla fiamma del camino.

제타 함수(베른하르트 리만)

소수素數 조화를 이룬 시 한 행의 아름다움.
파도 사이에서 작곡된 수들의 음악성.
어떤 백색 소음도
소수의 수학적 오케스트라가 아니다.
0과 무한대 사이, 마법의 선 위에
당신은 자연의 조화를 새겨놓았습니다.
수식과 상징으로 가득 찬 종이 위에서
어긋난 삶의 무게가
벽난로 속 불길에 재로 불타버렸습니다.

David Hilbert e Hermann Minkowski

Le donne, le gite in bicicletta, la musica.

Numeri e fiori sulla lavagna grande nel giardino.

E quella insopprimibile passione

per il ragionamento,

l'opera d'arte forgiata dalla mente.

Numeri e note, segni oltre il dolore.

Hai pianto davanti ai tuoi studenti

la morte dell'amico.

다비트 힐베르트와 헤르만 민코프스키

여성, 자전거 타기, 음악.
정원의 큰 칠판 위에 써 있는 숫자와 꽃.
그리고 추론을 향한 억누를 길 없는 열정,
마음이 빚어낸 예술 작품.
수와 음표, 슬픔을 넘어선 기호.
당신의 학생들 앞에서
당신은 친구를 애도했다.

Il delirio dei numeri (Srinivasa Ramanujan)

A Cambridge le scarpe erano strette

Il cielo era diverso da quella di Madras.

Tua moglie non ti scriveva più.

Il pensiero era oceano in burrasca

bussola impazzita.

Il delirio dei numeri era l'abisso della libertà.

L'India troppo lontana

Hardy ti stava accanto.

Tu morivi.

숫자들의 광란 (스리니바사 라마누잔)

케임브리지에서 당신의 신발은 꽉 끼었고
하늘은 마드라스의 하늘과 달랐다.
당신의 아내는 더 이상 편지를 쓰지 않았다.
생각은 폭풍우 치는 대양이었고
나침반은 미쳐버렸다.
숫자들의 광란은 자유의 심연이었다.
인도는 너무 멀었다
그렇지만 하디가 옆에 있었다.
당신은 죽어가고 있었다.

Alan turing

Anche tu che hai partorito

il grande pensiero artificiale

chiuso nella diversità vissuta

a ritroso come vizio, sotto un cielo

di numeri e di segni

hai incontrato il male della fiaba

che costringe in un ghigno sconcio la morale.

앨런 튜링

위대한 인공적인 사고를 했던
당신은 또한
다양성에 갇혀서
숫자와 기호의
하늘 아래서, 죄악처럼 반대의 삶을 살았다
당신은 도덕을 더러운 웃음으로 만드는
동화 속 죄악을 만났다.

빛 속의 먼지를 찾아서

단테 마피아(시인, 문학평론가)

『살아있는 것들』(Living Things)은 "죽음은 오게 되어 있는 것, 죽음이 올 때면, 죽음은 당신의 눈을 가지고 있을 거야."에서 파베스(Pavese)가 보여주는 운율의 압도적인 힘으로 형상화된 짧은 시 모음이다.

"우리는 살아있는 것들 속/ 수평선 위의 기억일 뿐이다," 우리가 다가가려 할수록 뒤로 물러나버려, 그것을 잡아서 즐기고 더럽히려는 헛된 시도일 뿐, 결국 에테르같은 기억에 불과하다는 것이다. 그래서 우리는 비통한 고뇌, 쓰라린 회한의 순간으로 가득 차 있는(예를 들어 「유수프」와 「어머니들』) 이 시편들을 읽어야 한다. 하지만 이 순간들은 "마음을 잠식"하면서 이 시에 고요히 젖어든다.

나는 분위기를 암시적으로 말했는데, 독자들이 라우라 가라바글리아를 복합적인 시적 존재로 볼 수 있도록 돕기 위해 잠시 이것에 초점을 맞추고 싶다. 시인은 자신의 비전을 상세하게 설명하는 대신 암시적인 시적 통찰력으로 중요한 세목들에 집중하고자 하므로 긴 시에 빠지는 법이 없다.

다른 시집에서 그랬듯, 이 시집에서도 그녀의 세계는 "존재의 순간들"로 이루어진다. 그녀는 자신의 비전에 흠뻑 젖어 든 단어들로 페이지를 새기면서 "존재의 순간들"을 응결시킨다.

이 텍스트는 여행이나 독서 그리고 많은 만남에서 영감을 받은 것이다. 시인이 시를 "한 줄기 빛 속 먼지"로 보고자 하는 메시지의 순연하지만 단단한 의미를 레몬나무 잎이나 거미줄에 부여하려는 것은 우연이 아니다.

위 인용문은 「시」의 일부이다. 이 시는 시적 창조의 정수를 성공적으로 포착하고자 하며, 그럼으로써 철학적 의미로 가득 찬 형이상학적 이미지나 추상적 개념에 대한 모든 언급으로부터 자유로운 한 전형을 제공한다.

19세기와 20세기에 걸쳐 이탈리아 시인이든 외국 시인이든, 대부분의 시인들은 제각기 「시」라는 제목의 시를 썼다. 그것은 지난 몇 세기 동안 이루어진 시의 개념화의 미로를 벗어나려는 소망에서 비롯된 것일 터이다. 나는「시」라는 제목의 작품 600편 이상을 모았는데, 내가 왜 이 시편들을 모으려 했는지를 설명하는 에세이를 덧붙여 사화집을 출간하려 한다. 라우라 가라바글리아의 시는 분명 자신의 비평적 입장을 확실하게 밝힐 필요에 의해 촉발되었을 것이다. 그녀는 수많은 가짜 아방가르드 예술가로 오인받고 싶지 않았을 것이며, 그런 이유로 그녀는 다음과 같이 자신의 입장을 밝히고 있다.

> 단어는 종종 세상을
> 비스듬히 응시하는 눈이다.
> 단어는 새로운 시각을
> 깊숙이 파 내려간다.
> 그러나, 때로, 단어는
> 허공을 맴돌다
> 삶 구석구석에
> 닿지 못한다.
> 시는 한 줄기 빛 속
> 먼지이다.

시에 대한 그녀의 이해는 라이너 마리아 릴케의 이론에 깊이 배어 있다.

"단어는 새로운 시각을/ 깊숙이 파 내려간다." 이 시행을 곰곰이 생각해보자. 이것은 단어가 습관을 벗어나고, 일상을 피하고, 시인의 성혼이 될 어떤 것을 탐색한다는 것을 의미한다.

이것만이 깊은 물 속에 뛰어든 섬광처럼 시인을 돋보이게 할 수 있을 것이다. 그 속에서 현실과 상상, 꿈과 일상의 삶, 형이상학적 지식과 자기 인식은 횃불이 되어 인류에게 하나의 새로운 길, 인생의 독보적인 시각"을 보여줄 것이다.

이 몇 편의 시는 가라바글리아의 전형적인 간결함의 특징이라 할 수 있는, 범상치 않은 강렬한 언어를 세밀하게 분석할 필요가 있을 것이다. 그러나 우리는 독자들을 절망하게 하는, 이른바 언어학자의 시 읽기 기법에서 길을 잃을지도 모른다. 오히려 나는 시의 마력적인 힘에 접근할 준비가 되어 있는 사람들의 호기심을 자극하고자 한다.

이 텍스트는 현대시 중 최상의 가장 풍부한 시편들에 속할 수 있는데, 또한 많은 사람들이 주목지 못하는 어떤 이유 때문에 그러하기도 하다. 라우라 가라바글리아의 목소리는 여성의 목소리이자, 그녀의 여성적 감정과 재능을 결코 무화시키지 않는 시인의 목소리다. 그녀의 목소리가 "그 어떤 것도 지속적인 기억에 대한/ 희망을 파괴하지 않는다"와 같은 에피퍼니, 울림을 즐기면서, 그다지도 감미롭고 매혹적인 이유가 그것이다.

지은이 _라우라 가라바글리아 LAURA GARAVAGLIA

라우라 가라바글리아(Laura Garavaglia)는 이탈리아 밀라노에서 태어나 코모에 거주하고 있다. 시인이자 저널리스트인 그녀는 코모 시의 집(La Casa della Poesia di Como(www.lacasadellapoesiadicomo.com))의 창립자이자 회장이며, 매년 코모에서 개최되는 시의 유럽("Europa in versi") 국제 시축제 대회장을 맡고 있다.

작품으로는 시집『삶의 파편들 Frammenti di vita』(Il Filo, 2009),『나비와 돌 Farfalle e pietre』(Lietocolle, 2010, 2011년 Alda Merini 대회 수상),『핵의 대칭 La simmetria del ghiriglio』(Stampa 2009),『상승 전류 Correnti ascensionali』(CFR, 2016),『숫자와 별 Numeri e Stelle』(Ulivo, 2015, 2017년 A. Farina 대회 수상, 이탈리아어와 포르투갈어 2판, IQdB, 2019),『살아있는 것들 La presenza viva delle cose』(Puntoacapo, 2020),『숫자와 별 Sayi ve Yildiz』(터키어 번역 시선집, Şiirden Yay i nc i l i k, 2018), 일본어 번역 시선집 2권『별의 이중주 The Star's Duet』(Hoshi no nijuso: za sutazu dyuetto (Nihon Kokusai Shijin Kyokai),『공식의 이중주 Duet of Formula』(Shiki no Nijuso: Nihon Kokusai Shijin Kyokai), 루마니아어 시집 3권『삶의 깊은 주름 La ruga profonda della vita/Ridul Adînc al vieţii』(CronEdit, 2019),『숫자와 셈 Numere si

Semme』(Europa, 2019), 『구체의 음악 Muzica sferelor』
(Editura pentru Literaturâ şi artâ, 2019), 알바니아어『확률의 진
폭 Amplitude e Probabiliteteve』(Bogdani, 2019), 헝가리어
『침묵의 양 Csendkvantumok』(AB ART Kiado, 2020), 스페인
어『핵의 대칭La simetria de la nuez』(La Garua, 2020), 그 외
우크라이나어와 세르비아어 번역 2권 등이 있다.

유럽 과학, 예술, 문학 아카데미 시 상, 안토니오 파리나
(Antonio Farina) 시 상을 수상했으며 이탈리아, 스위스 펜 회
원이며,『시의 유럽 축제(Festival Europa in versi)』시선집 책
임 편집장이다. 그의 작품은 많은 언어로 번역, 출간되었
다.

그녀는 터키, 콜롬비아, 일본, 베트남, 한국, 우크라이
나, 덴마크, 독일, 스페인, 마케도니아, 루마니아, 몬테네그
로 등 수많은 국제 시축제 초대시인이다. 그녀는 시의 유
럽, 국제 시, 서사 상 회원이며, 안토니오 포가자로(Antonio
Fogazzaro) 문학상과 가나가(Kanaga) 문학상을 수상했다.

(Web site: https://www.lauragaravaglia.it/)

지은이 _라우라 가라바글리아

이탈리아 밀라노 출생. 저널리스트. 코모 시의 집 창립자 회장. 유럽국제시축제("Europa in versi") 대회장. 시집 『삶의 파편들』 *Frammenti di vita*, 『살아 있는 것들』 *La presenza viva delle cose*, 『숫자와 별』 *Numeri e Stelle* 등. 안토니오 포가자로(Antonio Fogazzaro) 문학상, 가나가(Kanaga) 문학상 등 수상.

옮긴이 _김구슬

경상남도 진해 출생. 시인, 번역가, 영문학자. 협성대학교 명예교수.
시집 『잃어버린 골목길』, 『0도의 사랑』. 영어 시집 *Lost alleys* 등.
홍재문학대상 수상.

옮긴이 _최소담

서울 출생. 번역가, 영문학자. 전주대학교 교수.

세계시인선 012

살아있는 것들

2022년 10월 4일 초판 1쇄 발행

지 은 이 · 라우라 가라바글리아
옮 긴 이 · 김구슬, 최소담
펴 낸 이 · 최단아
편집교정 · 정우진
펴 낸 곳 · 도서출판 서정시학
인 쇄 소 · ㈜ 상지사
주 소 · 서울시 서초구 서초중앙로 18, 504호 (서초쌍용플래티넘)
전 화 · 02-928-7016
팩 스 · 02-922-7017
이 메 일 · lyricpoetics@gmail.com
출판등록 · 209-91-66271

ISBN 979-11-92580-03-6 03880

계좌번호: 국민 070101-04-072847 최단아(서정시학)
값 13,000원
* 번역은 영어판을 토대로 함.
* 잘못된 책은 바꾸어 드립니다.